Gulliver era um menino órfão que sonhava conhecer o mundo e viver grandes aventuras.

Seu brinquedo predileto era um barquinho de madeira, que ele imaginava ser um belo navio e do qual, claro, era o capitão, sempre a explorar novos lugares.

Quando cresceu, ele arrumou um emprego como ajudante de ferreiro. Gulliver era um rapaz muito forte e prestativo. Todos gostavam muito dele.

Um dia, um navio maravilhoso atracou no porto. Gulliver ficou empolgado com a novidade e foi ver o barco de perto.

Ao notar o entusiasmo do rapaz, o capitão da embarcação ofereceu a ele um emprego de marinheiro.

Gulliver aceitou na hora. Afinal, tinha esperado a vida toda por essa oportunidade! Aprendeu tudo rápido e ajudava em todas as funções do navio. O capitão gostou tanto dele, que o promoveu a seu assistente. Agora Gulliver já sabia navegar, como sempre sonhara!

Certa noite, aconteceu uma terrível tempestade em alto-mar. As ondas eram gigantescas e muito fortes, e destruíram o navio.

A TRIPULAÇÃO SE AGARROU AOS RESTOS DA EMBARCAÇÃO PARA NÃO SE AFOGAR. MAS O MAR REVOLTO CARREGOU OS MARINHEIROS PARA LUGARES DIFERENTES. GULLIVER FOI ARRASTADO PARA BEM LONGE E CHEGOU A UMA PRAIA, ONDE DESMAIOU DE CANSAÇO.

Ao acordar, Gulliver percebeu que estava amarrado e que dezenas de homens minúsculos andavam em cima dele. Logo viu que tudo naquela ilha era pequeno.

Um deles parecia ser o rei: barrigudo, com coroa na cabeça e roupas de veludo vermelho. Ele se aproximou do nariz de Gulliver e falou:

— Quem é você, invasor? Não pense que vai roubar nosso tesouro! Somos pequenos, mas somos muitos. E você é nosso prisioneiro!

— Meu nome é Gulliver e não quero roubar nada! Meu navio naufragou na tempestade e nadei até aqui. Que lugar é este?

— Você está em Liliput. Então, você tinha um navio?

— Quem me dera... Eu era apenas um marinheiro. Mas sem navio, não existe marinheiro.

O REI SENTIU SINCERIDADE NAS PALAVRAS DE GULLIVER. ENTÃO, REUNIU-SE COM SEUS ASSESSORES PARA DISCUTIR E VOLTOU COM ESTA PROPOSTA:

— SE AJUDAR O POVO DE LILIPUT, NÓS LIBERTAREMOS VOCÊ. TEMOS SIDO ATACADOS POR PIRATAS E PRECISAMOS QUE ALGUÉM AMEDRONTE ESSES HOMENS. O QUE ME DIZ? ACEITA?

— Aceito! Os piratas vão se arrepender de incomodá-los — respondeu Gulliver.

Então, o rei mandou desamarrar e alimentar o gigante. As cozinheiras do reino trabalharam muito para satisfazer a fome de um rapaz tão grande.

No fim da tarde, todos ouviam as histórias de Gulliver sobre seu povo, sua cidade e suas aventuras no mar, quando um dos soldados gritou:

— Majestade, piratas à vista! São dois navios enormes se aproximando!

Gulliver andou calmamente até o mar e pegou um navio em cada mão. Os piratas, desesperados com o gigante, corriam de um lado para o outro. Um deles preparou o canhão, mas bastou o dedo mindinho de Gulliver na boca da arma para que ela explodisse.

Em seguida, Gulliver virou os navios de cabeça para baixo e os chacoalhou até todos os piratas caírem na água. Então gritou:

— Isso foi apenas um aviso. Mas se voltarem para Liliput sentirão a força de meus braços!

Os piratas nadaram velozmente e sumiram.

A FAMA DO GUARDIÃO DE LILIPUT SE ESPALHOU POR TODOS OS MARES, E OS PIRATAS NUNCA MAIS OUSARAM PASSAR POR AQUELAS BANDAS. O REI E O SEU POVO FICARAM TÃO SATISFEITOS COM A CORAGEM E GENEROSIDADE DO SEU ENORME AMIGO QUE CONSTRUÍRAM UM NAVIO PARA ELE.

O SONHO DE GULLIVER ENFIM VIROU REALIDADE. ELE SE TORNOU CAPITÃO DE SEU PRÓPRIO NAVIO E NAVEGOU OS SETE MARES, CONHECEU NOVOS LUGARES E VIVEU MUITAS AVENTURAS. É CLARO QUE ELE NÃO SE ESQUECEU DA PEQUENA LILIPUT, UM LUGAR DE GRANDES AMIGOS.